文芸社セレクション

セカンドライフの始め方

サトウ 和子
SATO Kazuko

JN179271

文芸社

目次

第1章　雅《まさ》

深夜、暗闇の中、何者かがうごめいている気配がした。それが怖くて眠れなくなった時代は、遥か彼方、薄れゆく記憶の中にあった。

（大丈夫だよ、真紀。怖くなんかない。ママがいるじゃないか。）そう言って、布団の隙間から差し入れた手を握ってくれた。力強く握り返す手は、柔らかくて弾力がある。

（いいかい、真紀。世の中、一番怖いものは生きている人間なんだよ。）

すぐ隣から静かに息を吐くのが聞こえる。

（そうさ。人の仕出かす事が、一番罪深い。その事をよく覚えておき。）

真紀は、闇に薄眼を開け次の言葉を待っていた。雅《まさ》は、繋いだ手は離さずに、もう寝息を立てている。

（ママは、私の為に一生懸命働いて、疲れているんだ。）不意に涙がこぼれてきた。

幼い妄想が膨らんでいく。

（ママ、ごめんね。長生きしてね。）

真紀が人生最初に経験した孤独は、朝になれば奇麗さっぱり消えて無くなってしまう。

濃い霧が懸かった道を擦り足で歩いて行く、夢の中の出来ごとだったのかもしれない。

（やっと寝入ったと思ったら。）薄く閉じた瞼が、ため息交じりの呟きに揺れる。一体こうやって、いつまで夜中に起こされなければならないのだろう。大体、膀胱に管が入っているのだから失禁など有り得ないのに。

たとえ、尿意を感じたとしてもそんなのは勝手な思い込みで、膀胱には尿など溜まっていない。それを繰り返し何度も言っているのに夜中になると決まって、「トイレに行く。早く漏れる。真紀、早く。」襖一枚隔て隣室に寝ている真紀を起こす。

今夜もそろそろ始まる頃かと、浅い眠りの中覚悟していた。

案の定、「真紀、真紀。」と、幼子が深夜に怖い夢を見て目覚めてしまい、すがりつく声で母親を呼ぶ様に、六十になる一人娘の名を呼んだ。時刻は、午前二時。この状態が、もう三年続いている。

（やっと、深夜の静寂さが、心地よいと思える年代になれたと言うのに。）

哀れっぽく娘の名を呼ぶ声だけが、暗闇に木霊していた。

真紀は、今年還暦を迎えた。夫と実母の三人で暮らしている。子供は、男の子が二人いるが、それぞれ結婚し独立していた。

来月には、次男夫婦に初めての子供が生まれる。真紀にとっては三人目の孫になるわけだが、今まで雅のせいで、孫達には手を掛けてやれないでいた。

長男夫婦が、子供達を連れ遊びにやって来ると雅は、帰るまでリビングのソファーに陣どって動こうとしない。真紀が、孫達を可愛がっていると、決まって用事を言いつける。一度、真紀の代わりに嫁の泉が、「おばあちゃん、私が行ってきます。」と、雅が頼んだ買い物に向かおうとした。

すると、途端に機嫌が悪くなりひ孫達が話しかけても、ニコリともしなくなった。

さすがに、長男の正が呆れて祖母に、「一体全体、何がそんなに気に入らないんだ。」

単刀直入に聞いた。周りは、一斉に雅に注目する。

「えっ、正。お前、今何か言ったか。最近、急に耳が遠くなってきてねぇ。聞こえが悪いんだよ。お前も食べたい菓子でもあれば、頼んだらいい。ひ孫達だけに買ってやるわけじゃないんだからな。」首を傾げて、白々しい言い訳をした。

雅は、近所の洋菓子店でひ孫達のおやつにケーキを買ってくるよう、真紀に言いつけたのだった。

真紀は、いつ孫達が遊びにきても良い様に、子供用のおやつは用意してある。雅も知っているはずだ。（やれやれ、また始まったわ。）

真紀には、分かっていた。長男家族、特にひ孫達に、一時にせよ真紀を取られるのが面白くないのだ。五歳と三歳児を相手に、何を張り合っているのだろう。全く、呆れるのを通り越し情けなくなる。

（これが、人間の行きつく果てなのか。）空しさにため息が漏れた。

そんなことが繰り返され、真紀は、つくづく自分は絶対に長生きはしたくないと思い始めていた。

「雅さんは、私が診ている患者さんの中で一番しっかりしていますよ。」

雅は、週一回、在宅診療を受けている。

若く颯爽とした石川医師の訪問を楽しみに待っていた。今日は、火曜日。朝から何度も手鏡を覗いて身辺の身だしなみを整えていた。

「石川先生にそう言われると、何だか死ぬ気がしなくなるねぇ。私も九十を過ぎて、こんな病気になっちゃって。車椅子だし、いつお迎えに来てもらっても構わないんだけどね。」

途端に好々婆さんに変身するのだ。

「大丈夫ですよ、雅さん。百歳まで生きる気力で頑張りましょう。」石川医師は、満面の笑みで雅に呼応する。

(先生、何て事言うの。) 真紀に、瞬時に顔じゅうの筋肉が固まるのを覚えた。世間一般、何処に行ってもそうなのだが、取り敢えず年寄りは励まさなくてはならない存在だ。だからと言って、命の専門家である医者までが同調しなくても良い。(これだから、勘違いをするのよ。) 真紀は、いつも冷めた目で二人のやり取りを見ていた。

長生きしたくなければ、何種類も飲んでいる薬を止めればいい。そもそも、ただ来て、脈を見、聴診器を当てて帰って行くだけの医者を断ればいい。

雅は、日常生活のほとんどを真紀に依存して生きている。決して世話をするのが嫌なわけではない。が、もう少し雅が、自分の置かれている状況を分かってもいいのではないか。わがままに付き合っている娘のストレスを幾らかでも理解して欲しい。

たまにしか会わない人には、良い人を演じたがるのは高齢者あるあるだ。何十人も高齢の患者を担当している医師なら、分かりそうなものを。真紀は、石川医師の営業スマイルが憎らしかった。

しかし、この日雅は、ベッドに横になったまま不敵な笑みを浮かべ徐に石川医師を見上げた。

「先生、百歳だとあと七年だから、思ったより早く来るのだわ。」不満げな様子だ。

「すると、何か。わたしゃ、あと七年しか生きられないのか。」

さっきまでの好々婆さんが、一転、苦虫を嚙み潰した意地悪ばあさんの顔になった。

真紀は、長男の正の年齢とあまり違わないであろう石川医師の顔面に、驚愕の色が浮かんだのを見逃さない。医師に付いて来ている中年の看護師が、目を細め何とも言えない表情で真紀を見たのが印象的だった。

（やっぱり、お母さんの本領発揮だわ。このまま終わるわけがない。）

近づくものを観察しながら、ここぞと言う時にマウントを取る。幾ら優秀でも、若い世間知らずの医者には見抜けないだろう。

「そ、そうですね。確かに、百歳までなんかすぐですね。雅さんの言う通りです。百歳過ぎても大丈夫ですよ、雅さんなら。いやぁ、敵わないなぁ。」

石川医師は、しどろもどろになりながら「あ、ははは。」と、引きつった笑い声を残して帰って行った。

雅は、九十歳の誕生日の早朝に救急車で大学病院に運ばれた。

いつもは、朝から茶碗山もりの白米を食べるのに、誕生日の前日は何故だか箸が進まず、ほとんどの食事を残していた。毎朝必ず食べる好物の筋子に、箸もつけていない。

「お母さん、どこか調子悪いんじゃないの。医者に行こうか。」真紀は、何となく嫌な予感がしたけれど、素直に言うことを聞く雅ではない。

「何、言ってんだい。明日は、あたしの九十回目の誕生日じゃないか。ご馳走を用意してくれているんだろう。前の日くらい、少し控えめに食べておかないと。折角のご馳走を残したら皆に示しが付かない。」

案の定、中身はいつもの雅だった。

「孫もひ孫も集まってくれるのに。前日から胃の調子を万全にしておくんだよ。」

自信たっぷりな表情で真紀を見返した。

それでも、真紀の不安は消えない。

（口ではああ言っても、何かいつもと違う。）

真紀は、長男の嫁の泉に電話した。泉は、現役の看護師で産休に入ったばかりであった。

「おばあちゃん、水分は摂れていますか。」はきはきした声が返ってきた。

「飲んでいると思うのだけど。何でも自分でする人でしょう。私が、昼前にパートから帰ってきて食卓を見たら、用意していった朝食がほとんど残っているのよ。本人は、いつもの様にソファーで新聞を見ているし。」

真紀は、雅が倒れるまで近所のパン屋でパートをしていた。朝の六時から週四日。午前中だけだが良い気晴らしになっていた。

お菓子作りが趣味だった真紀には、パンを焼くのも楽しかった。

「明日、おばあちゃんの誕生日でしたよね。出来るだけ早めに行くようにします。」

「泉さんに様子を見てもらえたら助かるわ。ありがとう。よろしくね。」

いくら内科の看護師とはいえ、第二子の出産を控え二歳の幼児がいる嫁に尋ねるのもどうかなと思ったが、真紀は、得体の知れない不安を独りで抱えておくことが出来なかったのだ。

電話の向こう側から、子供の泣き声が響いてきた。初孫の泣き声は、胸をくすぐる。

どんな案件よりも優先されなければならない。泣き声を合図に泉との通話は終わりを告げた。

　雅は、毎日規則正しい生活を送っていた。

　朝は、七時に起きてトイレに行き、その足で洗面所に向かい無添加化粧石鹸で顔を洗う。

　それから、自室に戻って化粧水と乳液を顔面に万遍無く擦り込む。仕上げにかなり高価な皺伸ばしの美容液を、一般的に皺が目立つと言われている、眉間と目尻、口元に塗った。痩身タイプの雅は、若い頃から皺には必要以上に神経を使ってきたと思う。

　真紀は、いつの頃からかその一連の作業を見るのが苦痛になっていた。もはや、顔全体が皺に占領されている状態なのに、いつまで諦めが悪いのかと思ってしまう。

　今さら悪あがきを続けても他人からは、せいぜい社交辞令で、「いつ、お目に掛かっても変わりませんね。御若いですね。」と、どうでもいいことを言われるのが落ちだ。

　責任のない人達は、年寄りが一番言われて喜ぶ台詞を知っている。誰も本気で、他人の婆さんの容姿など気にしていないし、相手にもしていない。

　しかし、雅は、そう言われると必ず、皺に埋もれそうになっている目を精一杯見開いて、「幾つに見えるか。」と、まるで、若い娘にでもなった気分で聞き返した。

真紀は、その場面に出くわす度にひたすら恥ずかしく思い、内心、嬉々としてやり取りしている母親に対して嫌悪感さえ抱いてしまう。

（止めてくれる。以前だったら口先だけのお愛想には、睨み返していたのに。）

ある日、思いきって、「いい加減、そんな高価な化粧品はお金の無駄遣いよ。もっと、別の役に立つ物に遣ったら。」少し強めの口調で言ってみた。すると雅は、思いがけず目に涙を浮かべ、戸惑う真紀に向かい鋭い言葉で言い返した。

「余計な御世話だ。お前に迷惑など掛けていない。」雅の内にある、あらゆる感情の塊が込められた一言だった。

真紀は、このことがきっかけで、今まで気にしない様にしていた母親の内面の老いをはっきりと理解した。

（こんなことで感情をあらわにする人ではなかった。）微妙な意識のずれは、雅自身も自覚することが困難な領域に達していたのだ。

これからは、真紀が、強く手を握り返さなくてはならない番だった。母と娘。半世紀に及ぶ親子の関係が逆転したことを悟った瞬間だった。

雅は、その夜の食事も箸が進まなかった。あれこれ声を掛けたが、元来ある負けず嫌いの性格が、「一晩寝れば元気になる。明日はあたしの九十回目の誕生日だ。」と、心配する娘をよそに早めに自室に引っ込んで寝てしまった。


翌朝、真紀は、普段通りに夫と雅の朝食の準備を終えパートに出ようとしていた。

（さて、今日は午後から忙しいわね。お寿司は、お母さん御用達のいつものところに頼んでおいたから大丈夫。ケーキのスポンジは、昨日焼いておいたし。帰ったら一番にクリーム塗って飾り付けをして、冷やしておかないと。後は、飲み物と若い人達が喜ぶオードブルの準備をしなくちゃ。）

うかつにも雅の体調のことは、すっかり頭から抜け落ちていた。玄関先で靴を履いていると夫がパジャマ姿で現れた。

「おい。今、トイレに行ったら婆さんの部屋から呻き声が聞こえたぞ。」雅の希望で部屋はトイレの向かい側にした。

夫は、寝起きの面倒臭そうな声で寝ぐせの付いた髪を無意識に撫でつけている。まだ、この頃は押さえるだけの髪があったのだ。

「えっ、空耳じゃないの。お母さん、よく寝言を言うし。」真紀は不意を突かれ固まった。

「いやぁ、あれは呻き声だ。ウーッ、ウーッと。息遣いも荒かった。」夫の声が真紀の不安を煽っている。

「見たの？」恐る恐る聞いた。

「何で俺が、婆さんの部屋に入るのか。」予想に違わずぶっきら棒な返答だった。

「そうよねぇ。」真紀の語尾がしぼんでいた。

「様子、見てから行けよ。」夫は、それだけ言うと、のそのそと寝室に引き返して行った。

（入らなくても、せめて、覗くだけでもいいのに。）真紀は、夫の素っ気なさにがっかりした。しかし、これまでの夫と雅との関係を考えれば仕方ないか、とも思ってしまう。

雅は、三十数年前に同居を開始して以降、真紀達夫婦のすることに決して口を出さなかった。夫婦けんかをして真紀が泣いていても一言も発しない。夫は、逆に、黙っていられることの圧をヒシヒシと感じていたのだろう。常に雅の存在を意識していた。

一家に家長が二人いるのと同じだった。

夫は、いつの頃からか雅のやる事に口を挟まなくなっていた。雅も夫には何も言わない。互いに真紀を挟み、淡々とした態度を取り合っていた。

真紀は、昨日の今日だったことを思い出した。「お母さん、入るわよ。」ドアの前で声を掛けたが、返事がない。そうっと無駄な物のない部屋に足を踏み入れた。「寝ているの。」小声で言ってベッドを覗きこんだ。そこには、固く目を瞑り眉間に縦皺を三本刻んだ、見るからに苦しげな老母の顔があった。

（なぁんだ、やっぱりあの美容液の効果なんてないんじゃないの。）真紀は、しげしげと雅の寝顔を見つめた。（あっ。）次の瞬間、これはタダごとではないと直感した。

病名は、急性肺炎。「高齢者は、熱や咳などのはっきりとした症状の出ない方がいるんですよね。」医師から簡単な病状説明を受けた後、入院の説明をしてくれた集中治療室の看護師が教えてくれた。

一階の総合窓口で入院手続きを済ませ、混み始めた待合室を横切って一旦家に戻ろうとした。ふと、長椅子に腰かけて自分の番を待っている高齢者の不安そうな顔が目に入った。（これが最後になるのかもしれない。）

真紀の胸に、何とも言い難い悲しみが込み上げてくる。雅と過ごした半世紀を上回る歳月が、今さらながら頭をかすめてゆく。（お母さん、お母さん。）声にならない叫びが真紀の全身を締めつけた。

雅は、真紀を生んですぐに離婚した。

真紀は、父親を知らずに、雅独りだけの手で育てられた。今から六十年も前に、シングルマザーとして生計を立て子供を育てる決心をしたのは、タイピストの腕に自信があったからだろう。雅は、戦後の混乱期、手に職を付ける方法として、当時は珍しがられたタイピストを選んだのだ。

それにしても、子供を抱え独りで生きていくのには、かなりの覚悟がいったはずだ。真紀は、大学病院のエントランスで立ち止まった。振り返った時、思わず涙が溢れそうになるのを、固く口を結び必死に堪えた。

(そうよ。こんなことで終わったりはしない。)

人の一生はどこまで続いて、終点を迎えるのか。知らないけれど、今のままではあまりにも普通すぎて雅には似合わない。

(このまま終わるはずがない。昨日まで、普通に喋って、いつも通りに動いていたのだから。)

真紀は何かに祈りたい気持ちになった。無駄な努力だとしても、今、自分に出来る唯一の親孝行のような気がする。

そう言えば、真紀は雅の家系の宗派が何だったのか、聞いたことがない。自分の両親の墓参りにも行かない人だった。

（神や仏に頼るタイプの人じゃなかった。）

娘が、母親の回復を神仏に拝んでいたと知ったら。雅は、即座に嫌な顔をするだろう。

それでも、嫌な顔をされても、今の真紀には頼る術が必要だった。

（家に帰ったら、早速宗派を調べなくては。）

真紀は、エントランスを出て、急ぎ足で自宅へと向かった。

親戚に連絡を取った方が良い、と夫は言うが、知らせなければならない親戚の顔が浮かんでこない。母方の兄弟は叔父が一人いるはずだが、もう何十年も連絡を取っていなかった。果たして生きているのかさえも分からない。（今さら知らせても困惑させるだけ。）

雅は、若い頃から親族との付き合いを密にしてはこなかったのだ。逆に近づかないようにしてきた節がある。雅の性格上、親兄弟にあれこれ言われるのが、煩わしいかったのかもしれない。自然に遠のいていって、自分の日常から娘以外の肉親を消滅させてしまった。

「まだ、意識が戻らないのか。」

夫が、夕飯の食卓で餃子をパクつき、ビールを飲んでいる。

「一瞬、目を開けてキョロキョロするらしいんだけど。また、すぐに眠ってしまうみたいなのよ。」

集中治療室に入って、今日で四日目だ。

「高齢者の肺炎は、症状が出にくいと聞いてはいたが。今回ばかりはどうしようもないな。熱も咳もなく、食欲が落ちただけだ。それも前日に。」

夫は夫なりに、真紀を慰めようとしている。

「自分の誕生日の朝に運ばれるなんて、お母さんらしいわ。皆に声掛けて、準備万端にしておいたのに。」真紀は、少しずつ気持ちの整理を付けようとしていた。

昔から、家族の中で劇的な事が起きると、最後は決まって雅が絡んできた。

最初は、自分には関係ないと言う顔をして、決して話には加わらない。が、聞き耳は立てている。そして、だんだん事態が佳境に入ってきて、ここぞという場面になると、さっと現金をチラつかせる。

例えば、孫の正が学費の高い私立の薬学部に入りたいと言って、頑張っている姿を素知らぬ顔で見ている。その当時、夫が、リストラに合うか合わないかで、真紀はかなり気を揉んでいた。正直、息子達の学費の心配までは気が回らないでいた。真紀の心労がピークに到達する寸前、雅は黙って真紀名義の通帳を差し出した。周りは、お金の力には逆らえない。雅は、金で解決できない困難はこの世界に存在しない、と考えていた。

（いつも中心でいたい人だった。）それには、一番効果的な方法が経済的自立だったのだろう。そうやって、雅は、家族の中で自分の立場を揺るぎないものにしてきた。

「入院費用は準備しておいた方がいいぞ。後期高齢者と言っても、集中治療室に入っているからなぁ。」夫は、ため息をついた。

「そうね。覚悟はしているけど、急だったから通帳もカードも預かっていなかった。」

夫は、真顔になって真紀を見た。

「たぶんお母さんのことだから、株券やら定期預金やら人知れず持っていると思うぞ。後からだと何かと面倒になるなぁ。」

夫は、いつの間にか雅の事を婆さんではなく、お母さんと呼んでいる。真紀は、これ以上自分の妻が、面倒を引き受けることがないように気遣って言っている、と思いたかった。

「子供は私一人しかいないし。そうなったら面倒な手続きは専門家に頼むわ。だから、問題ないと思うわ。」さらっと言い返した。
「お母さんも、波乱万丈に生きてきたからなぁ。」褒めているのか呆れているのか。
夫は、真紀を見ずに一気にビールを呷った。
夫は夫なりに、三十数年に及ぶ雅との付き合いに、想いを巡らしているらしかった。

第2章　真　紀

「奇跡だ。集中治療室に十日間入って、呼吸器まで付けた。元は、取ったね。」祖母の退院時、孫の正が皮肉を込めて言った台詞を雅は、文字通りに受け取った。「当たり前だ。こんなことくらいで死んでたまるか。」眼光鋭く孫を見返した。（リハビリ施設で訓練して、もう少し動けるようになってくれたら。）真紀は、母親が車椅子になり、排泄の管を入れたまま自宅に戻ってくることに抵抗を示したが、無駄な足掻きだった。当の雅が、自宅に帰る以外の、他の選択肢はこの世に存在しないと言い張り、退院を強行する姿勢を崩さなかったのだ。

ぎりぎりまで母娘の攻防が繰り広げられ、雅が自宅に戻る為提示した案は、通帳や株券類一切の金融財産は真紀に預ける。

自分は、年金を好きに遣う。一緒に暮らす家族にとって、一番分かり易く受け入れるのが容易な提案だった。

雅は、その当時二ヶ月の入院で歩けなくなりはしたが、まだ娘と話し合うだけの余地は残していた。

「お母さん、明日からショートステイですからね。今夜は、鰻にでもしますか。」

それでも雅は、自宅に戻ってから定期的に介護サービスを利用することには、しぶしぶでも同意した。三十畳あるリビングに柔らかな秋の日差しが入り込み、親子の会話を穏やかに見守っている。

「そうだな。明日から一週間は給食献立だ。好きに食べられないのは苦痛だな。」

真紀は、雅の全財産が入っている通帳を預かって以降、母親が食べたいと希望する物は極力調達して食卓に出していた。

自由に動けなくなり楽しみが激減した雅にとって、食べる事は譲れない自己主張になっていた。

「沢山は入らない。兎に角、食べたいと思った時に食べる。それが、今出来る一番の贅沢さ。」自分で言って自分で納得している。

「分かったから。鰻は、近所のスーパーで買ってくるけどいい。」真紀は、ソファーから立ちあがった。

「国産だからな。」念を押すところが憎らしい。

「はいはい。ところでお母さん、孝のところに来月赤ん坊が生まれるけど、その時に合わせてショートステイ入れておくから。」真紀は会話の途中にさり気なく付け加えた。

「別にお前が生む訳じゃないだろうに。」

　雅は、余裕の表情で地元の蔵元が限定品で出している甘酒を啜っている。

「馬鹿なこと、言わないで。冗談のつもり。」

　珍しく真紀の声に苛立ちが感じられた。

「赤ん坊とあたしのショートステイ、何の関係がある。」少し声の調子を抑え気味にして、真紀を睨んだ。車椅子から真紀を見上げる目付きは、迫力がある。

「孝の嫁の薫さん、お母さんの体調が悪いようで手伝いを頼めないのよ。実家には帰れないって言っているから、退院したら日が明けるまでは私が行く事にしたのよ。だから、お母さんはショートステイに行ってもらう。」

　もう決定だから、と真紀は、冷めた目で雅を見返した。

　こんなにも似ていない母娘があるものか。娘は、ポッチャリ型の体形で目がぱっちりとして色白だ。怒った顔も愛想よく見える。

　母は、細身の体形で目は糸の様に細い。何もしなくても機嫌が悪い様に思われる。

「何で、今言う。」雅の声が、ヒステリック気味になった。

「お母さんのことだから、明日ショートステイに行ったら職員達に根ほり葉ほり聞くでしょう。他人から自分の予定を聞くより、実の娘から教えられた方がいいと思うけど。」

真紀は、ニッコリ笑った。

「何て娘だ。実の親を何だと思っている。車椅子で不自由な暮らしをしているんだ。たった一人しかいない親を、可哀そうだと思わないのか。」

最近の雅は、話の途中から自分に勝ち目がないと思うと、心情に訴えようとする。

しかし、真紀もそれくらいではひるまなくなっていた。

「一人しかいない娘なのだから、今回は言う事を聞いてもらいます。」毅然とした。

「母親を他人に任せて、いいと思っているのか。」雅は、無駄な足掻きと分かっているくせに素直になれない。

「ダメよ。何と言っても。生まれてくる命を大切にしないと。」少し柔らかく言った。

「私は、行かない。絶対に行かない。一週間行くのだって忍耐の連続だ。何でこの年になって我慢しないといけない。」まるで駄々をこねている子供だ。

「少しは、我慢してもいいんじゃない。私はこの三年我慢の連続よ。普通のことだったらお母さんの言う事を聞いてあげるけど、今回はさすがに無理ね。ずっと行っている訳ではないし、一ヶ月なんてあっと言う間よ。」

「一ヶ月。」雅は、素っ頓狂な声を出した。

「そう、一ヶ月。」

「親不孝者。」声が擦れている。

「はい。今日は、ここまでね。」

言うと同時に真紀は、甘酒の入ったカップが飛んでくる前に雅の手から取り上げた。


三十分で戻ると言い残し鰻を買いに出た。

雅は、返事をしなかった。

人間、食べ物への執着があるうちは簡単に終わらない、と真紀は思っている。

スーパーの鮮魚売り場で鰻を選んでいて、ふと、考えた。中国産を国産だと言って食卓に出したら、果たして味の違いが分かるのだろうか。養殖場で太らせた中国産を身の締まった国産サイズに見える様に切り分けて、甘辛くタレで味を付けたらどうだろう。

味付けが塩辛くなったり、醤油やソースを信じられない程振りかけたり、高齢者の変化が味覚の異常から始まると言う話を聞いたことがある。雅は、常日頃「美味しい物を食べたい。」と言っては、味のうんちくを言い散らかす。

正直、真紀はうんざりしていた。初鰹と戻り鰹の違いを延々と述べられた時など、暫くはスーパーで鰹を買う気が起こらなかった。

それでも、雅が食べたいと言えば、近所のスーパーに置いていない物などは、わざわざ地下鉄に乗って中心部の駅地下にある食料品街まで買いに行く。昨日、明日からのショートステイに持って行く、おやつのチョコレートを買いに行ってきたばかりだ。近所のスーパーで売っているチョコレートの、優に十倍の値段がする物を雅は、ショートステイの度に持参して行く。近頃、真紀は、雅が見栄と虚栄心で世の中を見ているのだ、と思ってしまう。いつからそうなってしまったのか。

介護を始めた頃は、まだここまでにはなっていなかった。真紀は、一人鰻を選びながら落ち込む気分を持て余していた。

何から何まで気に入らない。どうしてこんなに狭く何もない、雑風景な居室で一週間も過ごさなくてはならないのか。

それに、変わり番こに様子を見にくる職員達も人の事を子供扱いする。「起きる時間ですよ。」とか。「お薬の時間ですよ。」とか。雅が、薬を飲み込むまで傍らを離れない。一番気に入らないのは、「食が進みませんね。」と、責める様な口ぶりで言われることだ。かれこれ、もう三年も利用しているのに、いい加減ここの食事が口に合わないと判らないのか。小賢しいったらありゃしない。雅は、いつものショートステイ利用時より、自分がイライラしていると感じていた。

（一週間でもやっとなのに、こんなところに一ヶ月も居ろと言うのか。狂気の沙汰だ。）

大体、自分に何も相談せず勝手に決めてしまうなど、許されて良い訳がない。真紀も真紀だが、毎月いそいそとご機嫌伺いに来るケアマネジャーも、真紀の愚痴だけを聞いて肝心な自分の話を聞かないとは。

雅のストレスが頂点に達しようとしていた。

（来月までまだ二週間ある。）何とかしなくてはならない。

（ここに居る間に、出来るだけのことはしておこう。）雅は、そう思うと何だか力が湧いてきた。（これくらいの事で言いなりになってたまるか。）怒りが少しずつ納まってきた。

（若い者達に任せてられない。自分の事は自分で決める。）雅の顔に精気が戻ってきた。

「雅さん、お変わりありませんか。」

雅の担当ケアマネジャーが、いつもの愛想笑いを浮かべてショートステイ先まで会いに来た。（ふん。勝手に決めておきながら。お変わりありませんか、もないだろうに。）雅は、内心どうしてくれようかと、思案していた。

「悪かったね。呼び出したりして。」作り笑いを浮かべた。

「いえいえ。何か特別の話があると。こちらの担当者から伝言があったので、心配してきました。」愛想笑いが、不安顔に変わった。

また、雅に何か小言を言われるのかと思い、うんざりしているのが見て取れる。

「佐々木さんにお世話になってから三年になるね。ここの人達も、デイサービスのスタッフも、石川先生も、みんな良い人で私は幸せ者だ。」雅は、これ以上ないくらい甘い声を出した。ケアマネジャーは、（これは絶対に何かある。）と、すぐに察した。

「そう言って頂けると、私としてもケアプランを作った甲斐があります。雅さんが、気持ち良く日常を過ごしていけるお手伝いが出来て、私も幸せです。」雅の出方を待った。

「ところで、そろそろ担当を変えてもらいたいんだが。」雅は、ゆっくりとした口調で言うと表情を変えずにケアマネージャーを見た。

「はあ、どのサービスの担当でしょう。」

褒めておきながら実のところ気にいらないのは、これもまた高齢者あるあるだ。

「現在利用しているサービスを変えるのは、問題なく出来ます。何か、雅さんの意に添わなかったことでもあったのでしょうか。」

ケアマネジャーは、自分のこととは考えずに雅の返答を待った。

「佐々木さんが、最初に自宅に来た時に担当はいつでも変えられる、と言ったから。三年も経つし、そろそろお互い、リフレッシュしてもいいんじゃないか、と思ってね。」細い目を更に細め言った。

(えっ、もしかして私を変えたいと。) ケアマネジャーは絶句していた。

「来月、一ヶ月もショートステイに入ると真紀に聞いたんだが、あたしは頼んだ覚えがない。娘が、無理を言って佐々木さんに頼んだのだと思うが、筋が違うんじゃないのか。」

車椅子に座っていても、雅の背筋はピンと伸びていた。

「はあ、でも娘さんにお孫さんが生まれると言う事で。雅さんにとっては、ひ孫さんですよね。」ケアマネジャーは、しどろもどろになっている。

「赤ん坊が生まれるのと、私に黙ってショートステイを入れるのは、何か関係あるのか。」射る様な眼差しだ。

「真紀さんが、雅さんには自分で説明をすると言ったもので。」声が小さい。

「佐々木さんには、世話になったね。私も九十三にもなって、こんなことは言いたくないんだが。あんたも私と娘の間に入って大変だろう。」雅は、ここぞとばかりにしんみりした声を出した。

このケアマネジャーは、真紀より二つ三つ年下に見えた。雅に会いに来ると決まって、帰りには玄関先で真紀と長々と話している。

自分との面会時間よりも長い位だ。

しかし、それも仕様がないか、と雅は思っていた。真紀と同じ位の年頃だし、話の合う相手が母親の担当ケアマネジャーなのはいいことだ。(介護の愚痴を吐き出す相手も必要だろう。)雅は、大目に見ていた。

「雅さん、私がうかつでした。雅さんの意向も確認せず、ショートステイを入れてしまいました。大変、申し訳ありませんでした。」

ケアマネジャーは、深々と頭を下げた。

「いやいや、佐々木さんが謝ることはないんだ。私に黙って、娘が勝手にやったことだ。」雅は言いながら（ふん、かわり身が早いな。）と、内心ほくそ笑んだ。

「いえ。私は、雅さんのケアマネジャーですから、何があっても雅さんに確認するべきでした。」再度、頭を下げた。

（さすがにこのケアマネジャーは、年のことだけはある。ここの若い奴らとは経験が違うな。自分の立場を良く分かっている。）

雅は、満足し一息入れた。


真紀は、今回の事だけはどうしても雅を許せないと思う。

平気な顔でショートステイから帰ってきて、何も言い出そうとしない。自分の気分でいいように周りを振り回しておいて、このまま黙って済むと思っているのか。

雅のショートステイ中に佐々木ケアマネジャーから電話があって、施設に呼び出されたと聞かされた時は驚きもしたが、話の内容を聞くうちに心底腹が立ってきた。

「まあまあ、怒りは分かりますが、あれだけしっかりしている九十三歳はいませんから。」

佐々木さんは、電話の向こうで苦笑しているようだった。

真紀は、今までよりも一層頭上近くに暗雲が垂れこめ、重く圧し掛かってくる気配を感じて、雅がショートステイをから戻ってくるまでの日々、ため息ばかり吐いて過ごした。

「それで、どうするつもりなの。」痺れを切らしたのは、真紀の方だった。

「どうするって。」雅は、おやつのマスクメロンにフォークを突き立てて、一切れ口に入れた。

「美味い。甘みといい、ジューシーさといいこれは好いメロンに当たった。」

雅は、もう一切れ口に運び呑みこんでから、ジロリと真紀を睨んだ。

「あんなところに一ヶ月も入っていたら、物の味も分からなくなってしまう。何でも細かく刻んで出してよこす。ウサギにでも食べさせる気か。」フンと鼻を鳴らした。

「誤嚥性肺炎で死に掛けたのを忘れたの。だから、食べやすい様に細かく刻んでもらっているんじゃないの。」真紀の言葉が荒くなる。

「三年も前の事を言わなくてもいいじゃないか。」雅も負けてはいない。

「それより、ショートステイをキャンセルしてきたって。何のつもり。私は、孝の所で薫さんと赤ん坊の世話があるんですからね。」

何度も同じ事を言わせるなと。真紀は、突き放す様に言った。

「だから、あそこの食事は不味いんだ。」

雅も負けてはいない。訳のわからない理屈で応戦する。

「それとキャンセルが、どう関係するの。何があっても私は、薫さんと赤ん坊の面倒を見ます。」真紀のきっぱりとした態度が、よっぽど気に障ったのか雅は、ぐっと顎を引いて喋り始めた。

「今の私には、食べる事が外の世界を実感出来る唯一の手段なのだよ。季節の移り変わりや世の中の新しい流れを、食べ物は教えてくれる。だから、一ヶ月もいて決まりきったメニューの、それも冷凍食材の献立を食べていたら、感覚が麻痺してしまう。私が認知症にならないのは、食べたい物を自分で選んでいるからだ。」一気に捲し立てた。

「お母さん、それを叶えてやっているのは私ですからね。」真紀は、これ以上言い合ってもどうにもならないと思うと、本格的に腹が立ってきた。

「孝に初めての子供が生まれるのですよ。少し、冷静に考えてみてください。それだけしっかり自分の状況を分析出来るのなら、娘が今どんなに困っているかは察しが付くでしょう。」真っすぐに雅を見つめた。

「嫌なものは嫌だ。私は、ここにいる。」

真紀は、雅は自分の面倒を見させる為に子供を生んだのではないか、と勘ぐってしまう。

こんな時、姉妹がいたらどんなにか良かっただろう。

自分には、夫と二人の息子がいる。嫁達とも付かず離れず、いい関係を保っている。真紀が、夫と息子達と過ごしてきた日々は、雅と二人だけで生きてきた時間をとうに追い越していた。雅は、真紀の傍らで唇を固く結び強い意志を示している。真紀は、雅がだんだん可哀そうに思えてきた。

雅にしてみれば、一度も自分の手元から放した事のない娘は、誰に何を言われようが世界で一番心配な存在だった。結婚し、子供が生まれ家族が増えたとしても、雅にとって真紀は生きる証であり、自分の一部と同じであった。雅が、車椅子になっても自宅に帰ってくると言い張って譲らなかったのは、偏に真紀が可愛いからに他ならない。

(真紀の近くに居てやらなければ。)真紀を本当に守れるのは、自分しかいない。雅は、本気で思っていた。今の自分が傍に居ては、真紀に迷惑を掛ける。そんな発想は、一ミリも雅の頭には浮かんでこなかった。

「結局、お母さんは半月ショートステイに行く事になったのか。」夫は、キッチンのテーブルで真紀お手製のイカの塩辛を肴に、冷酒をちびちびやっていた。

「私も歩み寄るから、お前も歩み寄れ。ですって。」真紀は、雅が毎日一個必ず食べる、煮卵用のゆで卵の殻を剝いていた。

「孝も二週間は休めるって言うし。予定日の一週間後から、きっちり十五日間ショートステイを入れてもらうことにした。」

「二週間じゃなくて十五日って言うのが、なかなかだな。お前達母娘らしいな。」

夫は、他人事みたいに面白がっている。

「半月って言ったのは、お母さんだし。日数を伝えても何も言わなかったわ。」

「お母さんは、変に柔軟さがあるからこれからも長生きするぞ。あの年齢で、駆け引きの出来る年寄りはめったにいない。」

夫は、笑いを堪えている。

「よして頂戴。私の方が、先に逝きそうよ。」

「まあ、無理せずに付き合っていくんだな。俺達だってこれからの世の中どんな具合になっていくのか、分かったもんじゃない。」

酔いの回りがいつもより早く来たのか、夫は眠たそうに大きな欠伸をした。

真紀は、夫が見せた他人事の様な思い遣りを、

(本当に他人が言っていることだわ。)と、妙な感慨を覚えた。

雅は、三時のお茶を飲みながらお茶請けの栗羊羹を美味しそうにかじっている。

お茶は、静岡の手摘みの玉露。栗羊羹は、仙台にある老舗最中店から取り寄せていた。

いずれも、雅からの希望に真紀が迅速に応じている結果だった。

つい三日前に訪問歯科を頼み、入れ歯の具合を診てもらったばかりだ。半月間のショートステイに入る前に入れ歯の調節をすると言い出して、急遽ケアマネジャーに依頼して訪問歯科を入れてもらった。

「羊羹の栗を丸ごと味わえるのは、入れ歯がピタッと合っているからだ。思いきって歯医者を頼んで良かったな。ところで、明日が予定日だろう。」

真紀は、あれ以来、雅の前で薫の出産の話はしていない。

(何よ。急に思い出したようなふりをして。)

誰よりも記憶力がいいと、雅は内心自負している。実際、真紀がうっかりして忘れ

がちな固定資産税の支払期限など、雅から指摘され慌てて払いに行くことがあった。「予定日だけど。何か。」つっけんどんに言い返した。しかし、雅は、こんなことではへこたれない。

「生まれる気配はないのか。」玉露を満足そうに口に含んだ。

「何も言ってこないと言う事は、まだなのでしょう。」真紀は雅を見ずに応じた。

そうか、と言うと雅は二杯目の茶を求めた。

「孝の嫁は、何をしている娘だったかな。」真紀の態度など意に介さない。

「薫さんは、保育士ですよ。昨日も同じ事を聞かれましたけど。」語尾をいく分伸ばし気味にした。

「そうだったか。齢を取ると物忘れが激しくなってな。」どこ吹く風だ。

（嘘ばっかり。覚える気がないのだわ。）

雅にとって、孫嫁達が何をしていようとさほど問題はない。自分の暮らしに影響が及ばなければ、いちいち覚える必要はないのだ。

「そうそう。優しそうな娘だった。」急に思い出した振りをする。

薫は、一方的にする雅の話をいつも根気強く聞いていた。決して反対意見は口にしない。穏やかにニコニコ笑って頷いている。

「正の嫁は、看護師だったかな。あれは、勝気な娘だ。」

長男孫の嫁は、自分に近い性質を持っていると感じたのか、遊びに来るとよく二人で世間の出来事や事件等、テレビからの情報を元に意見交換をしていた。泉も嫌がらずに寄っていく。雅との会話を楽しんでいる雰囲気さえある。

「職業柄ですよ。二人とも。」

真紀は、専業主婦だった自分と違い、嫁二人共、仕事を持ちながら家族を支えて良くやっていると思う。

「知らず知らずに地の性格が、自分に合った職業を選ぶものだ。」

雅は、自信ありげに真紀を見た。自身が、職業人として長年社会に参加してきたプライドが窺える。

(また始まった。三十年以上も前に仕事を辞めたくせに。今の人達の何が分かると言うの。）真紀は、仕事の話になると決まって断定的な物言いになる雅の癖が疎ましかった。

「お母さんは、タイピストだったけれど自分の性格に合っていたわけ。」

真紀は、息子の嫁達の話題から離れたかった。これ以上雅に喋らせると、二人を比べる方向に話が行きそうで嫌だった。

（この話を振れば、間違いなく乗ってくる。）雅は自分の人生を語ることが大好きなのだ。

勿論、都合の悪い事は省いてだが。途端に表情が、輝き出した。

「幼い頃、父親に連れられて観に行った洋画の中に、ブロンドの髪の女性が背筋を伸ばしてタイプライターをたたいている場面があってな。その姿の良さにいつか自分もああなりたい、と思った。肩に掛かるブロンドの髪を外側に大きくカールさせて、頭を振る度にそれが揺れるんだよ。思い出す度、美しさにため息が出る。だから、戦後貿易会社に入ったのも、タイプライターがあると聞いたからだ。ただ、あたしの髪質は、猫毛でね。大きなカールは時間が経つともとの直毛に戻ってしまう。それが残念と言えば、残念だったたな。」

戦前の話だろうが、小学校にも入るか入らないかの子供を連れ、まだ、字幕の文字だって読めないのに。洋画を観に行くなんて。

真紀は、早くに亡くなってしまった祖父のことは覚えていない。が、今の雅の日常を見れば、（この親にしてこの子ありだ。）と、思えてしまう。

（お祖父さん、あなたの娘は、あなたが何も考えずに連れて行った映画を観て、波乱万丈の人生を歩んでしまいましたよ。）と、声を大にして言いたい気持ちだった。

「その話は、何度も聞いたけど。私が知りたいのは、どんな性格だったから、タイピストになったのかよ。」性格で職業が決まる、と言ったのは雅のくせに。いつでも自分の言いたい事から話が始まる。

「私は、古臭いのが嫌いでね。」胸を反らした。

「知っているわ。けれど、それは性格なの。」

揚げ足を取るつもりはなかった。

「ああ、立派に性格だ。」雅は、言い切った。

「伝統や風習を守って、何が生まれた？　あたしは、自分の持っている力を試したかった。新しい世の中になったんだ。女が辛抱するのは御免だ。」流れる様に語る雅の横顔は、何にも囚われていない強さがあった。

真紀は、小学校に上がった頃から雅の帰りが遅い夜は一人で夕食を食べ、食器を洗い、宿題をした。高学年になった頃には、ほとんどの家事が雅よりも手際よく出来るようになっていた。そうなると、自分の事は自分で出来ると判断して安心したのか、雅は、「仕事の付き合いだ。」と言って、酒を飲んで帰ってくるようになった。

日本経済の一番元気な時期に、海外との交易窓口で働き、その動きをつぶさに見てきた雅は、一か八かの男達の中に交じって株を覚え始めた。元々、新しもの好きな性格とスピード感溢れる相場の動きが性に合ったのか、雅が投資した株のほとんどが値を上げた。

夢見がちな男達と違い、確実な情報だけに投資を続けた結果だった。雅は、同僚や株仲間にいくら勧められても、決して賭けごと的な投資はしなかった。

母娘二人、日当たりの悪い六畳一間のアパートから始まって、真紀が中学に上がる頃には、世の中に出回り始めていた都心のマンションへいち早く引っ越した。

「それくらい買える現金は持っていたな。」

他人には自慢話の様に聞こえるが、本人は、そうは思っていないのだ。

「本当のことだ。本当の事を言うのに、誰に遠慮がいるものか。」位にしか考えていない。

他人が、どう思おうが、どう見られようが、そんな瑣末で煩わしい事案は、雅に言わせれば太平洋に浮かぶ筏のごときだ。電子顕微鏡で探しても実体が解らない、病原菌と同じ。

実体がはっきりしないものへの不安や見えない相手を怖がって必要以上に怯えていても、何も生まれはしない。生産性が上がらない事案は、雅にとって自分の行くべき道を塞ぐ障害物でしかなかった。

雅が話す過去の出来事は、過ぎ去ってしまった時間のフィルターを透して、まるで小説の題材にでもなりそうな趣があった。

「何で今まで気が付かなかったんだろう。」雅が、突然声を上げた。「孝の嫁と赤ん坊は、退院したらこの家に連れてくればいい。二階は、使ってないじゃないか。子供部屋だったんだから、日当たりだっていい。」雅の顔が、ますます輝いた。

今真紀達が暮らしている家は、最初に雅が買った一等地のマンションを売って建てた。

雅が、娘夫婦と一緒に暮らす為、広めの敷地にゆとりある部屋数で建てた家だった。

「あら、言ってなかったかしら。そのつもりですよ。」真紀は、平然として雅を見つめた。

「だったら、あたしがショートステイに行く必要なんかないじゃないか。」食ってかかる。雅にしてみればせっかくいい案を思いついたと言うのに。「そのつもり。」とは、いかなる了見か。憎々し気に真紀を見返した。

「それとこれとは別です。出来るだけ薫さんが、気を遣わずに済むようにするんです。」

　真紀は、力を込めて再度雅を見つめた。

「どうしてあたしの方が、追い出されなくてはならないんだ。」雅の声が、一段と高くなった。息遣いも荒い。

「新生児と年寄り。二人同時に面倒を看るなんて、私の体力が持ちません。薫さんと赤ちゃんは、ここしか行くところがないのです。お母さんはショートステイがあるでしょう。」

　多分、この説明が分からない雅ではないはず。

「あたしは、お前が孝の所に行って赤ん坊の面倒を看ると思っていたから、歩み寄ったのに。本当に何て娘だ。」悔しがっている。

「お母さんがショートステイを半月削ってくれたから。私も自分が世話をしやすいようにしたのよ。」真紀の表情に余裕が生まれていた。

「私のせいだって言うのか。」歯ぎしりが聞こえそうだ。

「そうねぇ。ショートステイを短縮してくれなかったら、ここに呼ぶ案は思いつかなかったわね。やっぱり、お母さんのお陰だわね。」真紀の口角が上がった。

「こ、この、親不孝者。」雅の決まり文句で、この件は一応幕を閉じた。

雅がすったもんだした、十五日間のショートステイに行く前日、「生まれたよ。可愛い女の子だ。」孝からの連絡が入った。

真紀は、孝の上ずった声に涙が出そうになった。真紀にとっては、三人目の孫になる。

長男の正の所は、二人とも男の子だった。

「元気で生まれれば性別なんて関係ないわ。」と、息子達夫婦の手前言ってはいたが、本音は、(一度、女の子を抱いてみたい。)我が腕にその重みを感じてみたかった。雅が、自分を抱き上げた時に感じた心の動きに触れてみたいと思った。

真紀は、自分の出生が雅にとってどんな意味があったのか、考えるようになっていた。

「お母さん、生まれたわ。女の子よ。母子ともに元気だって。色白の、目鼻立ちがはっきりとした女の子らしいわ。」

真紀は、携帯を握りしめて車椅子の雅を見下ろした。あふれ出る嬉しさを隠さなかった。

雅は、明日からのショートステイを前に近所の老舗蕎麦屋から出前を頼み、上天丼の昼食を済ませたばかりだ。天麩羅が衣ばかりの上げ底ではなく、しっかりとした食べ応えのあるエビが三本も乗っかっている。

雅は、その見事さに満足していた。

「女だってことは、判っていたんだろうに。」

目の前にある空の丼から視線を逸らし、真紀を見上げた。

「孝が三ヶ月前、わざわざ小遣いを貰いに来た時に聞いた気がする。」

折角上天丼を堪能し、その美味しさに浸っていたのに。「邪魔するな。」と言いたげだ。

「違うでしょ。あれは、孝の誕生日だからって。お母さんが、好きな物を買えと言ってやったのでしょう。」

真紀の嬉しさのメーターが冷めていく。

「そうだったかな。どちらにしても孝の小遣いだ。」あまり機嫌が宜しくない。

「全く。まるで孝がせびった様な言い方をしないで頂戴。」雅は、真紀の膨れっ面をしげしげと見ていた。

「誰もそんなことは言っていない。」

「上天丼を食べて、気分はいいと思っていたのに。」真紀が、ため息を吐いた。

「明日から寄宿舎生活に入るんだ。上天井でも食べなかったら気が滅入る。」雅の諦めの悪さに呆れた。

「帰ってくる時には、可愛い赤ちゃんが待っているわよ。」真紀は、拗ねた子供をあやす時の様に優しい笑顔を向けた。

「まあ、女の子もいいもんだ。」

雅は、フンと鼻を鳴らしたかと思うと、細い目を三日月にして笑っていた。

長男正の嫁の泉は、子供達を叱らない子育てを実践している。正もそれに倣い、息子達を実家に連れ帰ってくると二階に上がり、ドタバタじゃれ合っている。それに飽きると今度は、庭に出て追いかけっこだ。幼い男の子達は、少しもじっとしていない。真紀は、「もう少し静かに出来ない？」と、言うべきか言わざるべきか、内心いつも思案していた。けれど、広いリビングでその様子を眺めている雅は、いつも面白そうにしている。「元気なのは好い事だ。マンション住まいでは、飛んだり跳ねたり出来ないだろう。」目を細め、孫とひ孫達の運動会を楽しんでいた。（変なところで理解があるんだから。）

それが、雅らしいところでもあるのだが。

自分が関わっていなければ、取り敢えずは何をやっても文句は言わない。

しかし、いざ自分の周りにひ孫達が纏わりつき始めると、最初は楽しそうに喋っているのだが、そのうちに「ああ、そうか。ふむ、なるほど。うんうん。」いい加減な返事しか、しなくなっていく。子供の相手が、面倒くさくなるのだ。そこで真紀が孫達に向かい、「おばあちゃんのとこにおいで。」なんて、声を掛けようものなら途端に機嫌を悪くした。

「あとどれくらい生きられるか分からないのだから、今のうちひ孫達と話をする。邪魔するな。」決まって言う台詞だ。

聞こえはいいが、真紀が孫達を構っている姿を見るのが耐えられないのだろう。

そう言えば、雅が、幼い正と孝を構っている場面は記憶にない。一つ屋根の下にいながら雅は、孫達にはほとんど干渉しなかった。

真紀が正と孝を育てた時と、雅が独りで働きながら真紀を育てた時と、何から何まで違っているのに。雅は、未だに受け入れられずにいる。

真紀は、自分は子育てを楽しんだと思っている。勿論、子育てしていた最中は夢中で過ごしてしまい、そんな事は少しも思わなかったが。今振り返ってみると、当時、息子達と一緒に良く笑っていた気がする。男の子のやることは予測が出来ず、驚かされることの連続だった。夫は仕事が忙しく、息子達の教育に積極的ではなかった。それでも、いざ子供達が将来を決める段になると、しっかりサポートしてくれた。今になり息子達が、間遠くならないうちに高齢者世帯へ安否確認の連絡を入れてくれるのは、親子の関係性が良かったからだろう。真紀はそれで充分だった。

雅は、娘家族と一緒に暮らし、真紀の子育て過程をつぶさに見て過ごしてきた。雅の凄いところは、真紀の子育てに口も出さないが、手も出さない。出すのは、ここぞと言う時の現金だけ。徹底していた。

雅にとって子育ては、衣食住さえ与えておけばほとんどのことが解決する。思い悩むことなどないのだ。特に男であれば、自分の人生は自分で切り開かなければ使いものにはならないと、本気で考えている節があった。今の時代、この感覚は、半分は受け入れられても、残り半分は絶対に受け入れてもらえない。雅の中に昭和が息づいている。白黒の画面の中で、活発に動き回る子供達の姿が雅の原風景だった。

雅は、真紀が息子達家族と和気あいあいと接している姿を見るのが、耐えられなくなっていた。

車椅子では、独りで自由に行きたい場所へもいけない。ほしい物も誰かに頼まなければ手に入らない。これまで様々な世事で紛らわせてきた雅の視線が、自然に真紀とその周辺に集中しだした。車椅子になったことで自立していた親子関係が崩れ出し、真紀への依存度が高くなってゆく。真紀に対する執着が、傍目からも痛々しく映るほど露わになった。

執着が増せば増す程、周囲は引いていく。それが理解出来ない雅ではなかったはず。プライドの塊だった雅に家族は誰も、何も言い出せなかった。人生の最終番に、雅自身にしか分らない心の葛藤が周囲の人間を振りまわしていた。

「ひいばぁちゃんは、いつ死ぬの？」

五歳になったばかりの孫が、無邪気に雅を見上げて聞いたのは、圧巻だった。

「死ぬ事を知っているのか。」雅は、嫌な顔もせず相手をする。五歳児が、何を言い始めるか興味が湧いたのだろう。

「うん。昨日、メダカの雅夫が死んじゃったんだ。」悲しそうな顔をした。

「雅夫だって。ふん、また、嫌みな名前を付けたな。で、そのメダカは、どうした？」穏やかな口調だった。

「ママが、ベランダの植木鉢に埋めた。」

僕も手伝って一緒に埋めたと、得意そうに教えている。そして、ママに教わったと手を合わる恰好をしてみせた。

「マンションだし、ゴミに捨てないだけましか。」雅は、ひ孫には聞こえないよう呟いた。

「メダカは、年だって。パパが、教えてくれたよ。」雅を見つめている。

「正も苦し紛れを言ったものだ。メダカの年など分かるわけがあるか。」

「ひいばぁちゃんも年だから、死ぬの？」

ひ孫の好奇心溢れる問いに、雅は何て答えるのか。真紀は、聞き耳を立てた。

ふう、と息を吐く音が聞こえる。

「パパは、何て言った？」

「しぶといから、なかなか死なないって。」

嫁の泉が慌てて飛んできた。息子を抱き上げ引き攣った笑い顔を残し、雅の前から連れさって行く。リビングには、真紀と雅の二人きりになった。微妙な静寂が漂っている。

その日は、いつも二階から響いてくる孫達の元気なはしゃぎ声のトーンが、幾分抑え気味だった気がした。

第3章　麻　衣

ここの施設は三年間、いつ来ても明るさに欠けると、雅は思っている。

全室南向き。大きめの窓から射す陽は居室の奥まで入り込んではいるが、雅が言うのはそういう種類の明るさではない。

日々、パタパタと介護職員の行きかう足音はするのだが、かなりの数の居室があるにも関わらず、そこからは笑い声一つ聞こえない。

人が作り出す明るさが、この施設からは感じられない。

（人手不足だ。忙しい。年寄りだけが、どんどん増える。だから、お願い。黙って言う事を聞いて。）言葉には出さないが、世話をする職員は、皆思っているはずだ。

雅は、今回のショートステイで、つくづく自分の真の居場所はここではないと思った。

あと三日の辛抱だ。自宅に戻れば、真紀と赤ん坊が待っている。どうこう言っても今の雅には、自宅で真紀と言い合っている時間が至福の時だった。

（十五日もよく我慢できたものだ。）

居室の壁に掛けてあるカレンダーに目をやりながら、早く残りの日数が経たないか。

雅は、ため息をついた。


明日になれば、雅が十五日間のショートステイから戻ってくる。

赤ん坊は、飲んでは眠るをひたすら繰り返していた。真紀にとって予想外だったのは、孝が自宅マンションには戻らず、妻と娘と一緒に実家に居続けていることだった。毎日二時間近く掛け、会社に通っている。そして、帰ってくれば、一目散に赤ん坊の様子を見に行く。嫁の薫より熱心に愛嬢の世話を焼いていた。

孝が取る予定だった育休は、妻と娘と自宅に戻ってからにするらしい。

「明日は、おばあちゃんが帰ってくるから、今晩の夕飯はあなた達が食べたいものを用意するわ。何がいい？」

真紀が用意した朝食をパクつきながら、孝は二階の妻子が寝ているあたりを見上げた。

「そうだな、薫に聞いてみる。」

真紀が、まだ、寝ているんじゃないのと言うと、だったら昼休みにお母さんの携帯に連絡を入れるよ、と言った。

「相変わらず仲がいいのね。だったら薫さんの好きな、すき焼きにでもしようか。」真紀は実の息子より嫁の好物を食卓にのせた方が万事に上手く行くと思っている。

「そう言えば、ばあちゃん。牛肉は食べなかったか。グルメも苦手があった。」

「ステーキは駄目でも、豚カツは好物よ。」孝がおかわりにさし出した茶碗を受け取った。

「年取ったら、脂っこい物や消化の悪い物は受け付けなくなるって。あれは、信用できないな。」孝はおかわりした白米を一口ほおばった。

「おばあちゃんは、内臓が丈夫なんだと思うわ。でもね、近頃、本当に味が分かっているのかって。疑問に思うのよ。フカヒレのスープに春雨を入れても、違いなんて判らないんじゃないかって。」ダイニングテーブルを挟み、親子で向かい合っている。

真紀は、朝からする話題ではないか、と思いながら孝相手に、明日から再開する雅との生活の憂さを払っていた。

「お袋さん、それは面白い試みだ。実の娘でなければ出来ない事だ。やってみたら。」二杯目の白米をたいらげ孝はケラケラと笑った。

真紀は、自分で言っておきながら、ここにも一人、他人事の人間がいたのだ、とやるせなさに息子から目を逸らした。

「ほう、可愛いな。女の子は、優しい寝顔をしている。」

雅が、不機嫌なオーラを漂わせて、ショートステイから戻ってきた。すぐに二階から、赤ん坊を抱いた薫が下りてきた。

リビングでひ孫と対面した瞬間、雅の表情が今まで見た事がない程和らいだ。

「薫さん、寝ている赤ちゃんをわざわざ連れて来なくてもいいのよ。」

真紀は口ではそう言ったが、内心、雅に会わせようと小さな娘を胸に抱いて二階から下りてきた薫の気遣いに感謝した。

「抱かせてくれるのか。」

雅は、薫がそっと差し出した赤ん坊を真紀の支えを借りて自分の腕に抱き取った。赤ん坊は、小さなあくびをして雅の腕に納まった。

「お母さん、ひ孫が三人になりましたね。」

「正のところのひ孫達は、いい加減大きくなって会ったからな。それに比べると、この子はなんて小さいんだろう。」

正の嫁の泉は、里帰り出産していた。

雅が、ひ孫達に対面した時には、すっかり目も見え泣き声も驚くほど大きくなっていた。

「何だか、壊れ物でも抱っこしているようですよ。」真紀が、笑った。雅は、意に介さない。

「ほらほら、笑ったぞ。」雅が、真紀を見た。

赤ん坊は笑ってなどいないのだが、雅にはそう映るのだろう。

「お母さんに抱かれていてもリラックスしているなんて、この子は大物ね。」真紀の憎まれ口にも雅は、大らかな表情を崩さない。

「なんだい。年寄りの方が腕の力が抜けて、赤ん坊も居心地が良いんだよ。」声が弾んでいる。雅は、赤ん坊をなかなか放そうとしなかった。食い入る様に見つめている。

「薫さん、安心して好きなだけいていいんですからね。」真紀の言葉に、雅が頷いた。

真紀は、少し不安になった。

（お母さん、本当に嬉しそうだわ。でも、大丈夫かしら。）真紀は、嬉しさの半面、何か大事な事を見落としている気がしてきた。

（何だったかしら。ええと、まあ、いいか。）

雅が、久々に見せた生き生きとした姿にすっかり誤魔化されてしまった。

その日から、真紀の奮闘が開始された。

孝は、「ばぁちゃんが戻ったら、俺はマンションに帰るよ。」と、言っていたのが、一日でも娘に会えないのが我慢できないらしい。結局、実家にそのまま居座る事になった。

（掃除洗濯食事の心配をしないで、妻と娘と過ごせるわね。）息子だからしょうがない、と思っても、ちらっと孝の都合の良さが頭をかすめる。夫は、本当だったら到底叶うはずのない、嫁いだ娘がお産のため実家に帰ってくる、疑似体験にウキウキしていた。

（こんなことくらいで喜んでいるんだから。娘を持たない父親って、案外単純なのね。）

そして、雅は、何かにつけ赤ん坊を傍に置きたがった。

「今日のデイサービスは、休もうかね。」

雅は、朝食の箸を置くと、何気ないふりで真紀を見た。

「何処か調子でも悪いの。」

雅の今朝の食事は、あさりの味噌汁、赤カブの酢漬け、紅サケの焼き物にホウレン草の胡麻和え、白米の上に温泉卵も乗せた。

デイサービスに行く日は、間食が出来ないとぼやくからご飯は心持ち多めによそっている。

それを残らず平らげて具合の悪い訳がない。

「調子はいいが、行きたくない時もある。」

偉く、重々しい声の調子だ。

「お風呂はどうするの。週三回、デイサービスで入るから、さっぱりしていられるのでしょう。」真紀は、空になった小鉢や茶碗、雅の希望で銚子の蔵元から取り寄せている醤油が入った醤油差しを、サッサと片づけ出した。

「お前は、知らないからそう言うが。湯船に入っているのは、せいぜい五分かそこらだ。まして、あたしは、車椅子だから変な機械に乗せられて肩までなんて入れない。」口を尖らせて文句を言う。

「それでも、髪を洗ってもらい、背中を流してもらえるでしょう。自宅では無理よ。」

何を今さらと、真紀は、取り合わない。てきぱきと行く準備を始めた。

目の前を忙しく行き来する真紀に、雅は覚悟を決めた様だった。

「もうすぐ、麻衣が、帰ってしまうじゃないか。」せっぱ詰まった声を出した。

(なるほど、そう言うことね。) 真紀は、手を止めて雅を見た。

「赤ん坊は、一日一日表情が違う。今、見ておかないと。年寄りは、明日どうなるか分からない。」

次男夫婦が赤ん坊に付けた名前は、たまたまだったと思うが、韻を踏んだ格好になった。

雅と真紀と麻衣。まの字繋がりにいち早く反応したのは、雅だった。

真紀が、雅がショートステイから帰った日に感じた予感はこれだったか。

「可愛いのは分かるけど、お母さんがデイサービスを休んでも麻衣は二階で寝ているだけですよ。」真紀は、呆れていた。

「言われなくてもそんな事くらい分かっているさ。ただ、二階から麻衣の泣き声が聞こえただけで、何とも言えない幸せな気分になるんだよ。こんな気持ちは、若い頃、持ち株が倍に跳ねあがって、これで真紀とまともな生活が送れると涙にくれた夜以来だ。」一気に喋ったせいか、雅は咳きこんでいる。

「まあ、まあ。ずいぶんと昔の話を持ち出したものね。私の記憶では、暴落する前に売ってしまおうと、電話を掛けまくっていた印象しか残っていませんがね。それにつけても、良く聞こえる耳を持っているのね。でも、今日はもうすぐ迎えの車が来るから。急に休むのは迷惑よ。」真紀は、可笑しくなってきた。

「九十三歳と新生児が、一つ屋根の下にいることなんて今の世の中珍しいんだ。このままそっとしておく気にはならないのか。」

よく次から次に、屁理屈を捻り出す。(反面教師だわ。)

ある意味真紀は、素晴らしい親に巡り会ったのかもしれない。

「私は、その両方の面倒を見ているのよ。今時、珍しいと思わない。さあ、お母さん、ぐずぐずしていないで入れ歯を入れて。そろそろ迎えの車が着く頃よ。」

食後、雅が取り出した入れ歯を、いつも真紀は奇麗に洗う。雅が、元気なのは食事が取れているからだ。その為に、入れ歯の管理は毎日欠かすことが出来ない。そのことをどれだけの人間が理解しているだろう。

「数少ない年寄りの楽しみを取り上げるとは。こんな薄情な娘に育てた覚えはない。もし、ここで私が死んだらお前は後悔するぞ。あの時、年老いたお母さんの最後の願いを聞いておけば良かったと。涙する事になる。」

雅の最後のあがき。それにしても、本当に良く回る舌と頭だ。真紀は、ほとほと感心してしまう。

「はいはい。親子漫才はここまでよ。それに楽しみは逃げたりしないから。安心してデイサービスに行ってきて頂戴。何があっても私は大丈夫です。」

(若い頃は、決断も速く、さっぱりしていた性格だったのに。いつからこんなに往生際が悪くなってしまったのだろう。)真紀は、まだぶつぶつ文句を言っている雅を乗せた車椅子を押しながら、老いの難しさを胸に刻んだ。

(あら、ミルクの時間かしら。)リビングを出ると、微かに二階から麻衣の泣き声が聞こえてきた。真紀は、そっと気付かれない様に雅の顔を覗いた。車椅子の雅は、何の反応も示さない。車椅子の肘かけを握っていた。

(そうよね。これが、年相応。自然の流れだわ。私だってやっと聞き取れたのだから。)

真紀は、したり顔で頷いていた。

丁度そこにデイサービスの職員が、遠慮がちに玄関のドアを開ける音がした。

赤ん坊がいるから、呼び鈴は鳴らさないように頼んである。その代わり、玄関のロックは外しておいた。

「今朝は、いつもより早いんじゃないか。」

雅は、すぐに反応した。

（行きたくないのは分かるけど、三分も違わないわよ。）高齢者の特徴には、二つのタイプがある。いい事にすぐ反応するタイプと嫌な事にすぐ反応するタイプ。（うちのお母さんは後者のタイプね。）若い頃からは想像も出来ないが、今の雅はひがみっぽくなっている。

「食欲はあります。元気にしていました。よろしくお願いしますね。」真紀は、デイサービスの職員に雅の体調を伝え、さっさと送り出そうとした。

「行ってらっしゃい。」雅に向かって軽く手を振った。

雅は、振り返りもせず真紀に捨て台詞を吐いた。「挨拶はいいから、早く二階に行ってみなさい。麻衣が泣いているじゃないか。」（えっ。聞こえていたって言うの。）

車椅子ごとデイサービスの車に乗り込み、余裕の体で去って行った。

（私より生きるかもしれないわ。）

真紀は、デイサービスの車を見送る振りをして、暫くの間茫然と玄関先に佇んでいだ。

真紀は、雅の入院に端を発し長年続けてきたパン屋のパートを辞めた。介護をしてきた三年の間に孫も三人に増えた。たとえ家族でも当てに出来ない現実に向き合って、折り合いの付け方を学んだ。雅の我儘に付き合っていくうち、自然と優先順位の付け方が上手くなった。人生で一番ストレスフルな日々だったと思う。結果、かなりメンタルが鍛えられ少々のことには動じなくなっていた。

真紀は、雅が倒れる以前、母親の人生はほぼ完璧に仕上がっている、と思っていた。激動の時代を女が独り、自分の力だけを信じて生き抜いてきた。自分の人生を、多少の躓きは有ったにせよ思う様に歩んできたのだ。

真紀には、どんなに背伸びをしても真似できない。素晴らしい一生だと考えていた。

(あのまま終わってくれていたのなら。)

しかし、現実は、そうはいかなかった。人生の終盤、雅には厳しい試練が待っていた。

やはり、人の一生は小説や漫画のようにはいかない。生きている限り、足りないピースを探す旅が課せられている。

(完成するなんてないのだわ。)

雅に課せられた最後の使命は、「老いて自由の利かなくなった自分と向き合う。」こと、だった。雅にとって、今までで一番辛い現実だっただろう。

体の自由を奪われても、意識は鮮明なまま。自身の高いプライドとの戦いが待っていた。そして、その戦いは今も続いている。

第4章　ひとり、独り

「それでも、早く出来る様になったのだから。後は、先生に任せるしかないのよ。」

淡々とした真紀の報告に、夫は怪訝そうな顔をして目を泳がせた。

「一ヶ月後か。」焦りを隠さない。

夕食後、雅は自室に引き上げて行った。リビングには、夫と真紀の二人きりだ。

「俺は、大丈夫だからな。心配しないで手術を受けることだ。」

真紀は、吹き出しそうになった。（あなたじゃないでしょ。私が、大丈夫か。でしょ。）結婚以来、大きな病気には縁がなかった。

夫は、自分の妻が、一時にせよ生活の場からいなくなる事に不安を隠さない。この年代の男は、口では強がっている割に割に案外臆病だ。真紀の夫も明らかに動揺していた。

「こうなったら腹を据えてかからないとね。」

真紀の乳がんが判って、雅以外の家族に告げたのは、十二月に入り年の瀬の準備に取り掛かろうとしていた矢先だった。

「年明け早々に、ベッドが空き次第入院なんですね。」長男夫婦が、年末の挨拶に託けてすぐに飛んできた。平日だったこともあり、息子達を保育所に預けたまま、お互い半日休暇を取ったらしい。雅もデイサービスで留守だった。

（孫達は保育園。お母さんはデイサービス。何だか似ているわね。どちらもさほど変わりない。）真紀は、ぜんぜん関係のないことが無性に可笑しかった。キッチンで長男夫婦にコーヒーを淹れながら笑いをこらえた。

「早期発見だったと、先生が仰っていたから。あまり心配はしていないのよ。」

「お袋は、頑張ってきたから休息が必要なのかも。良い薬も出ているし、心配せずに入院しろよ。」薬剤師の正らしい、思い遣りだった。

「もう、正さんたら。男の人は簡単に言うけど、家庭の中で主軸の女性が抜けたら大変なのよ。お母さん、寒い時期だし身体を冷やさないようにして下さい。お手伝いしますから、遠慮なく言って下さいね。」流石に嫁の泉の方は、現実的な心配をしているらしかった。

「ありがとう。泉さんは、看護師さんだからいろいろと教えて頂戴ね。」

長男夫婦は、真紀の体調に付いて親身に話を聞いてくれ、夕方真紀が昨日から作り置いていたカレーをタッパーに詰め、帰って行った。

次男夫婦も、雅のデイサービスに合わせやって来た。雅には、孝達が、麻衣を連れて真紀に会いに来た事を内緒にしておかなくてはならない。知れたら自分の居ない間に麻衣が来た、と。自分には会わせないつもりか、と。大騒ぎになるのは目に見えていた。

「やれやれ、そこまで気を遣っているから乳がんになるんだよ。お袋さんは、ストレス溜まり過ぎだよ。休養が必要だ。」孝は、自分で淹れたコーヒーをリビングのソファーで味わっている。

「お母さん、春になったら麻衣を連れてお花見に行きましょうよ。その頃には、首も据わって支えなくても座っていられると思います。」薫が、遠慮気味に麻衣を渡してくれた。

(まあ、すやすやと。この子は、ここに居た時から良く寝る子だった。)真紀の気分が和んでいく。

「花見か。その時は、俺が、仕事を休んで車を出すよ。麻衣にとっても人生初の花見だ。」孝が、身を乗りだした。

今から楽しみだね、と。孝と薫は、二人で盛り上がっている。(やれやれ。)真紀は苦笑いを浮かべた。

「二人ともありがとう。花見の件は、考えておくわ。」

腕の中の麻衣を薫に返すと、一気に疲れが押し寄せてきた。

（とっても、気分が重い。）病気のせいでないのは分かっている。乳がんは、初期の段階で五年生存率が九十五パーセント以上だ。

真紀は、初期の段階でくよくよする様なタイプではない。それに、夫や息子達、嫁達も、真紀の体調を心から心配してくれている。

気遣われている有難さは、ひしひしと感じていた。それでも、何か違うのだ。心が、晴れない。

（感謝はしているのよ。でも、そうじゃないの。私のことじゃない。）

雅のこれからを言い出す者が、家族の中に一人もいない。それが辛かった。

今までもこれからも、雅には、真紀しかいないのだ。真紀は、雅との長い親子関係で、こんなにも深く母親の孤独に触れたことはなかったと思う。

（お母さん、あなたは人生に何を残せましたか。幸せだったのですか。）

今、真紀の胸に込み上げてくる感情の渦は、長い時間を共有してきた二人にしか分からない。

誰かに話したところで、どうにもならないものなのか。（それなら飲み込むしかない。私も独りだ。お母さんと同じ。）

真紀は乳がんが判明して以降、やっと自分の気持ちに踏ん切りが付いた気がした。

雅は、来年のお節は新聞広告に載っている有名料亭か、高級ホテルの物を取り寄せようと考えていた。

たまには、上げ膳で正月を迎えるのもいいだろう。何せ、ひ孫が三人になったのだから。

それと、孫達夫婦が、ひ孫を連れて年始の挨拶に来るのは二日だったはず。その時用にもご馳走を注文しなくては。

雅は、熱心にお節とオードブルの広告を見比べて、どれが一番美味しそうで料理の内容が豊富か、真剣に検討を重ねていた。

「来年の正月は、三段重のお節を頼むことにする。うちの分と正と孝の分、三セット頼もうかね。それと、二日の年始にはオードブルとにぎり寿司を予約するか。」ウキウキとして真紀に話しかける。

「どうしたんです。ああいった物は、口に合わないと、言っていたじゃありませんか。」

　雅は、冷凍物は極力口にしない。中身全て、要冷凍で配達されてくるお節に手を付けるはずがない。

「そうかね。今の広告は、色彩が豊かだから美味しそうに見えるんだ。冥土の土産に、一度位頼んでみてもいいかと思ってね。京都の老舗料亭の黒豆に、有名ホテルのフォアグラを食べられるんだから。結構なことじゃないか。」広告をヒラヒラさせている。

「どうせ反対しても、すんなりとは引き下がらないでしょう。」いつもの事だが、残った食品の後始末に頭を悩ませるのは真紀の仕事だった。けれど今回は、雅がそれで気が済むのであれば頼めばいいと思った。

「そうか、そうか。じゃあ、早速頼んでくれないかね。支払いは、私がするから。合計でいくらになるかな。」つくづく現実味のある人だと、真紀は自分の母親の顔を凝視した。

「お母さんは、後悔ってしたことがある。」

　真紀は、お節の広告を受け取った。

「なんだい、突然。」雅は、満足そうだ。

「お母さんとの付き合いも、かれこれ六十年になるけど。私は、お母さんが弱音を吐いたところを見た事がない。」

雅は、フンと鼻を鳴らした。

「お前には、そう映っていたのかもしれないが。私は私なりに辛い時期もあったのさ。」

真紀は、ふうんと顎をしゃくった。

「それじゃあ、私を生む前の三十三年間は、どうだったの。」雅は薄笑いを浮かべた。

「私の若い頃は、良くも悪くも戦争のお陰で価値観がひっくり返った時代だった。その中を生き抜いてくると、後悔なんてしてもしょうがないと思うようになるのさ。」

真紀は、目の前にいる老母が、とても九十三歳には思えない。

「だから、私を生んですぐ離婚したわけ。」雅は細い目を一層細くした。

「結婚生活は、私には縁がなかったんだ。続けていたところで、良い結果は生まれなかったと思う。」淡々と喋っている。

「それだと、やっぱり後悔はしていない人生だわね。」

雅の皺だらけの口元に笑みが浮かんだ。

「私は、倒れる前の九十年とそれからの三年間は、同じ時間に思う事がある。」

「意味がよく分からないわ。」

「九十年は早かった、と言うことさ。」

真紀は、玉露を入れて雅の前に置いた。

「振り返ることはしなかったの。」

「この三年は、振り返りの連続だった。」大きく息を吸い込んだ。

「でも、後悔はしていない？」

雅の目尻の皺が、下がっている。

「真紀と一緒にいられたのだから、後悔などするわけがない。」真紀は、なんて優しい眼差しなのだろうと思う。

「お母さん、いつかは別れが来るわ。」

雅は、ゆっくり湯飲みに手を伸ばした。

「ろうそくの火が消えるように亡くなるのには忍耐がいる。」掌の湯飲みは微動だにしない。

真紀は、まるでドラマの一場面を見ている気がしてきた。

「忍耐か、そうなのね。でも、人間、簡単には死なないものよ。それにもう一つ言えば、お母さんは消えるようには死ねないわね。無理よ、無理。絶対に無理。」最後の無理に力を込めた。（やっちゃった。折角のいい場面を。この親にして、この子ありだわ。）

真紀の頭の中には、今まで堪えてきた恨み辛みが浮かんでいた。

「お前と言う娘は。いいところでいつも私に水を差す。」雅は、湯飲みの玉露を一息に呑みこんだ。真紀は、玉露を入れておいて正解だったと思った。これが、熱い煎茶だったりしたら。少しだけ背筋を震わせた。

「だって、消えるように亡くなるのには、お母さんは燃焼しすぎ。お母さんの火力は、まだ家一軒焼き尽くす位の威力がある。そう言う人は、誰かに消してもらわないとくすぶり続けるの。知らない間に消えている火は、掌を温めるおき火の優しさがあるものよ。」

一気に喋ると真紀は、清々しい気分になっていた。雅に対し言いたい事を言ってやった。初めての経験だったのではなかったか。偉大な親を持つと子は、幾つになっても本音が言えない。齢六十になって、それも病を得て、真紀はやっと本気で雅と向き合おうとしていた。雅は、わなわなと震えている。

「わ、私も充分優しい。お節は、皆に振る舞うし。孫やひ孫が来れば、必ず小遣いをやっているんだ。」よほど腹が立ったのだろう雅は、手に持っていた湯飲みをキッチンのテーブルに音を立てて置いた。

真紀は、その光景をキッチンの流し台の前から見ていた。さて、この母親をどうしたらいいものか。一時にせよ雅を託せる顔が浮かんでこない。しかし、早急にことを決めなくては。良い手立てが思い浮かばないまま数日を過ごした。

第5章　セカンドライフ

　毎月のケアマネジャーの訪問は、十二月とあっていつもの月より一週間も早かった。「雅さん、お変わりありませんか。今年最後の訪問です。お約束の件は、しっかり果たしてきました。」良く通る声だ。相変わらず愛想よく雅に接している。雅もニコニコして頷きながら自分の隣に来るよう手招きしていた。「ありがとう。で、どんな所を選んできてくれた？」声が弾んでいた。

「三か所、パンフレットを持参してきましたから。よく見て決めて下さい。」封筒を雅の目の高さに差し出した。

「どれどれ、拝見するかな。佐々木さん、そこの眼鏡を取ってくれないか。」リビングのテーブルに置いていた老眼鏡を指差した。

（パンフレット、約束、選ぶ、何のこと？）

　キッチンで紅茶を淹れていた真紀は、二人の会話に付いていけない。雅の笑顔が、胡散臭く見える。紅茶のカップとマロングラッセを乗せた小皿をケアマネジャーの前に置いた。雅が、鼻眼鏡で見ているパンフレットが目に入った。

「何、これ。どう言うこと。」雅が、見ていたのは有料老人ホームのパンフレットだった。

「私に黙って、何をしようと言うの。」

真紀は声が高くなり、ケアマネジャーを問い詰める形になった。

「これ、佐々木さんに失礼じゃないか。私が頼んだのだから、私に聞きなさい。」雅は、余裕の態度で真紀を諫めた。

今までケアマネジャーとは、雅の事で何でも話し合ってきた仲なのに。

「真紀さん、すみません。雅さんから、娘には前もって絶対に知らせるな、と強く念を押されたもので。以前のショートステイの件もあるので、まずは雅さんの意向を尊重しました。しかし、まだ具体的に決まった話ではありません。安心して下さい。お気持ちは、分かります。さぞ、驚かれた事でしょう。」

佐々木ケアマネジャーは、申し訳なさそうに真紀を見た。真紀は、目を逸らしケアマネジャーは見ずに雅を見た。平然としている。

「確かに。母の言う事を聞かないと、後から大変な事態になるわね。ごめんなさいね、佐々木さん。取り乱したりして。」

ケアマネジャーも居たたまれない様子だ。

雅は、手に持っていた有料老人ホームのパンフレットを、リビングのテーブルの上にポンと放った。

「佐々木さん、真紀と話し合いが済み次第連絡をするから。悪いが、今年中にもう一度訪問してくれるかね。」雅の落ち着き払った態度は、本日の面談はこれで終わりにすると。

案にケアマネジャーに帰れと言っているようだった。佐々木ケアマネジャーは、何か言いたげな目線を真紀に送って寄こした。

けれど、真紀がその場を動こうとしないのを見て、諦めたのかそのまま帰って行った。

母娘は、有料老人ホームのパンフレットを挟んで沈黙している。

「マロングラッセを食べようか。皿を取ってくれないか。」雅の方が先に痺れをきらした。

真紀は、無言で有名洋菓子店のピンポン玉ほどもある栗の砂糖煮が乗った皿を手渡した。「美味い。栗のしっとり感が出ていて、ブランデーのいい香りがする。これぞ、大人の味だ。老舗和菓子屋の栗羊羹といい勝負だ。」

一人満足げに頷いている。

「お母さんと私の勝負は、そんなに簡単にはいかないようね。」真紀もマロングラッセの皿に手を伸ばした。

「落ち着いたか。」横目で真紀を見ている。

「初めから落ち着いているわよ。この三年の間で、鍛えられましたからね。驚いたのは、一瞬だけよ。冷静に考えれば、お母さんがやりそうなことだわ。自分だけが納得すればそれでいいって。」

どんなに似ていない親子でも、一つくらいは親から子へ受け継がれている性格があるものだ。真紀は、どうやら雅から負けん気を受け継いだらしい。現時点で、真紀が一番手を焼いている雅の気質だった。

「そうか。驚いたか。」雅は、嬉しそうな顔をした。鬼ごっこで、最後まで捕まらずに逃げきった子供の顔だ。

「きちんと説明をしてください。何を企んでいるのですか。」真紀の改まった態度に、雅は柔らかな笑顔を崩さずに頷いた。

「すみません。私が話しました。」

次の日、薫が麻衣を連れてやってきた。

昨日の雅との話し合いで大体の経緯は判明したのだが、どうも今一つスッキリしない。

「麻衣が、来られなくなったら寂しい。」とか、「孝の嫁は、悪くない。」とか、何かまだ隠している気配がする。真紀は、昨夜思い切って薫に電話して雅とのことを聞いた。

すると、薫は、直接来て話をすると言う。

今日は、雅のデイサービスの日だった。

雅は自分の留守中に、また麻衣が来て行ったと分かれば、悔しがるだろう。

真紀は、雅に、自分を蚊帳の外に置いた仕返しをしたかった。麻衣に会えなかったのは、丁度いい。これ位の意地悪をしても罰は当たらないだろう。

「おばあちゃんは、凄いと思います。お母さんの変化をすぐに見抜いたんですよ。お母さんが、お医者さんから告知された次の日には、ピンと来たと言っていました。」

真紀は、医師から病名を告げられても、すぐには夫にも知らせなかった。

(伝えるのは、自分自身が落ち着いてからにしよう。)冷静になるのに、一週間ほどかかった。それで、家族に伝えるのが十二月になったのだ。そう言うことであれば、薫の話から家族の中で誰よりも早く真紀の変化に気付いたのは雅と言う事になる。（普通に食事の支度や買い物もしていたのにね。）何か虫の知らせとでも。否、雅に限って神がかり的な事象を根拠にするはずがない。

思い当たる事があるとするなら、あの時だ。告知を受けた次の日に雅に淹れたお茶が、玉露では無く緑茶にしてしまったことだけだ。京都で三百年続く干菓子の専門店から取り寄せた、和三盆の落雁をお茶請けに出した時だった。おや、と言う顔をして真紀を見た。

今思えば、雅が、お節の広告を熱心に見出したのは十一月の末だった。三段重を三軒分頼むと言い出して、それを真紀が手配したのが十二月に入ってすぐ。そして、その一週間後に有料老人ホームのパンフレットを持ってケアマネジャーがやって来た。

とても九十三歳が一人で段取りしたとは思えない、手際の良さだ。

「孝さんから、お母さんの気が紛れる様に麻衣を会わせに連れて行ってくれ、と言われました。それで、週に四日も来てしまいました。先週お母さんが買い物に出ている間、リビングでおばあちゃんと二人麻衣をあやしていたんです。そしたら、急に、お母さんに何か良くない事が起こっているだろうって。怖い位の迫力で問い詰められ、仕方なく。病気の事を話してしまいました。」

真紀は、息子達夫婦に対し自分の病気について、他言無用の口止めをしなかった。それは、誰かから雅の耳に入ればいいと、秘かに願っていたのかもしれない。可笑しなもので、普段親子で何でも言い合っているくせに、肝心な話は上手く伝えられない。だから、昨日の老人ホームの件は驚きもしたが、今は本心からホッとしていた。

（私の方でお礼を言わないといけないかな。）

萎れ気味の薫に、カニ丼を作って出してやった。雅用にと頼み、昨日届いたばかりのズワイガニの身を解して酢飯の上に山盛りに乗せた。「凄い、こんな豪勢なお昼。私、頂いた事ありません。」すぐに元気が回復した。

「さあ、食べましょう。麻衣が、寝ているうちに。お代わりだってあるんだから、遠慮なく沢山食べて頂戴。」二人でカニを存分に味わった。（お母さんの分は、また頼めばいい。）

足をもがれ残ったカニの甲羅が、雅の顔に見えてきた。恨めしそうに真紀を見ている。

（食い物の恨みは恐ろしい、って。お母さんなら言いそうだわ。）真紀は、目の前で幸せそうな顔でカニを食べている薫の食欲が嬉しかった。やはり、年寄りに作るより、若者に味わってもらった方がモチベーションは上がる。

しかし、そうは言っても（さて、お母さん。今夜の夕食は何にしますかね。）と、真紀の頭の中では雅の夕食の準備が始まっていた。

雅と真紀は、三時のお茶請けに烏骨鶏の卵を使用したカステラを味わっていた。

「味が濃い。カステラのしっとり感が違う。カステラは、卵の善し悪しだな。」誰に聞かせるでもなく、一人でうんちくを述べている。

雅には、年末の慌ただしさも関係ない。リビングにゆったりとした時間が流れていく。

「明日、佐々木さんが伺いますからって。さっき、電話が入ったわ。」真紀は、ダージリンの紅茶を飲んでいた。

「うむ。カステラには、緑茶が合うんだが。紅茶は、香りが強すぎてカステラその物の風味を消してしまうんだ。」

雅は、ふた切れ目のカステラを食べ終わり、濃いめの緑茶を美味しそうに味わっている。

雅のお茶についてのＴＰＯは、老舗の高級和菓子には玉露、普段食べ慣れている和洋菓子には緑茶、食後は煎茶と決まっている。

よほどの事でもなければ、この組み合わせを変えない。だから、京都の老舗干菓子店から取り寄せた和三盆の落雁には、玉露でなければならなかったのだ。それなのに緑茶が出てきた。真紀とあろうものが、雅が表情を変えても気が付かない。（これは、何かあったな。）すぐにピンと来た。

雅は、まだ、母であった。

「今からでも、大掃除の業者を頼めないかねぇ。明日、佐々木さんに聞いてみるか。」

（いつもの事だが、突然、この人は何を言い出すのだか。）

「何、言っているの。佐々木さんは、何でも屋ではないんですよ。明日は、老人ホームの話をしに来るのでしょう。」

「そうだったかな。何せ、もの覚えが悪くなっていて。記憶もあやふやだ。」

雅は、わざととぼけた振りをした。

「忘れた振りをしても駄目よ。決心は、変わらないの？　まだ、考える余地はあると思うけど。いきなり老人ホームに行かなくてもいいんじゃない。何だか少し寂しいわ。」

真紀は、説得して言う事を聞く雅ではないと分かっていたが、折角なのでしんみりと語り掛けてみようと考えた。

（こんな機会は、めったにないわ。）

母娘の名場面になるはず、だった。

しかし、案の定、「何だい、永遠の別れでもあるまいし。人の事より、自分の事を考えたらどうだ。私は、自分のことは自分で決めたんだ。今さら変える気など微塵もない。」

期待を裏切らない返事が返ってきた。

「それは、そうだけど。」

「言っておくが、老人ホームは自分の為に行くんだ。母が、娘を気遣ってとか。娘が、母を憐れんでとか。お涙頂戴は、大嫌いだ。」

真紀は、我が母ながら相変わらず可愛くないと思う。

「私の乳がんがそんなにショックだった？」

「私は、この三年寝ぼけていたんだ。九十過ぎてやっと母娘の時間が来たと、勝手に思い込んでしまった。私としたことが、なんたる不覚。真紀には、真紀の家庭が有って。お前が結婚し私の元から離れた時に、これからは決して真紀の人生に口出しはしない、と誓ったのだった。すっかり忘れていた。」

真紀は、雅の口調の鋭さに一気に時間が巻き戻された気がした。

「お母さんは、いつも自分に厳しかった。」

「馬鹿言え、私くらい好き勝手した高齢者はいない。」満更でもない顔だ。

「そうね。だったら、死ぬまでその強気を持ち続けて頂戴ね。」

「大丈夫だ。私は、まだまだ死なない。」

雅の命の火は消えることを想定していない。そんなはずは絶対ないのだが。雅が言うとその通りに聞こえてしまうのが、真紀には不気味であった。

「さすがだ。」正は変な感心をしていた。

泉に背中を押されて幼い二人の息子達は、雅に自分達が描いたひいばぁちゃんの似顔絵を手渡したばかりだった。

「おかしいとは思ったよ。」孝は呆れていた。

薫の腕には、首も据わりますます愛らしくなった麻衣が、雅を見て笑っていた。

年明け早々に雅は、自分で選んだ有料老人ホームに入ることになった。結局、ホームとの契約も入所の日にちも全部自分で決めた。ただ一つ真紀に頼んだ事柄と言えば、緊急連絡先の記入だけだった。何ページにも亘る契約書も自分で目を通し、細かな個所まで担当者に問い質していた。

　夫が珍しく「つくづく凄い。」と、声に出したのを真紀は複雑な思いで聞いていた。

　真紀夫婦が「良ければホームまで送って行くから。」と、遠慮がちに申し出たが、

「もう、送迎は依頼した。」と断られた。

　雅が、ホームへ迎えの車を頼んだのは、最後の最後に、弱みを見せたくないのだろう。

　意地っ張りもここまで来ると、好きにさせるしかない。

　その日は、日曜日だったこともあり、孫達家族も勢ぞろいして車を見送ることになった。

　迎えの車が到着し、真紀が車椅子を押してリビングから出ようとした矢先だった。

「じゃあ、三ヶ月間の保養に行ってくる。桜の時期には、帰ってくるから。心配しないで待っていなさい。」雅は、まっすぐ前を見据え、落ち着き払った声色で告げた。

「何ですって。」その場にいた一同が一斉に車椅子を見下ろした。

「だから、春には戻る。」

「ナニ、それ。」

「おや、言ってなかったかね。私は、三ヶ月の予定で、ゆっくりお風呂に浸かれて、

美味しい食事も選べる、娯楽の沢山ある老人ホームを見つけてくれるよう、佐々木さんに頼んだのさ。」全員が、あっけに取られていた。

「そんな話、いつ佐々木さんとしたの。」真紀の声が擦れていた。

たった二回の訪問だったはず。いずれの時も真紀は同席していた。

「デイサービスに行っている時に。そこから連絡して、そこに来てもらった。」雅はひょうひょうとした顔で真紀を見上げた。

（ああ、やられた。）そう言えば、最初にケアマネジャーが、老人ホームのパンフレットを持って訪れた日の帰り際、何か言いたげな表情で真紀を見ていた。

「希望通りの所を探してきてくれた。少々料金は高いが、たった三ヶ月だ。リフレッシュしてくる。」雅は意気揚々と出掛けて行った。


「お母さん、来週入院ですよね。私、その日は、仕事が休みなんです。付き添いましょうか。子供達は、保育園だし。」泉の声で真紀は、我に返った。

雅を見送った後、微妙な雰囲気の中、再び家族でお茶を飲んでいた。

「ありがとう。独りでも大丈夫よ。」

今度は薫が、「おかあさん、一日置きに来てお父さんの家事の手伝いをしますね。」

腕の中の赤ん坊は、すやすや眠っている。

「ありがとう。でも、寒い時期だし、あまり赤ちゃんを連れての外出はしない方がいい。麻衣に風邪でも引かせたら大変なことよ。」

息子達家族が帰ってしまうと、真紀はリビングで夫の晴彦とすることもなく向き合っていた。観もしないテレビが点けっぱなしだ。

（お母さんは、夕食を食べると早々に自室に引っ込むから。いなくなっても普段と変わらないはずなのにね。）

今夜は、空間が広く感じる。

夫婦は、一人一人、ぽつん、ぽつんと、リビングに置かれた飾り物のようだ。そこの違い棚に置いてある陶器製の貴婦人像と同じ。無機質で代わり映えのしない存在だ。

「今日一日、大変だったな。疲れていないか。」晴彦が、テレビのボリュームを下げた。

「ありがとう。心配してもらって。」気のない返事だった。

「お母さんのことは、あまり気にしない方がいいぞ。」探る様な声だ。

「分かっているわよ。皆が思う程、私達親子は根に持ってないのよ。」

真紀は、答えるのが面倒だった。

「それは、そうだが。」

何故だか、夫との会話は愛想なく運ばれてしまう。

「お母さんの事だから、春には必ず帰ってくるし。その頃には、私も落ち着くわ。」

晴彦は、「うむ。」と唸った。そして、短い沈黙の後に喋り出した。

「お母さんは、俺が初めて会った三十五年前から一貫して盾だった。真紀と一緒になるのにどれだけ撥ね返されたか。それでも最後は、許したんだ。あの個性が、娘夫婦と同じ屋根の下で一緒に生活している。憎まれ役になるのは目に見えていた。言葉は悪いが、真紀の引き立て役に徹していたんだ。母と娘の葛藤もあっただろうが、お母さんがいたから家族が纏まれた。俺は、今日つくづくそれを確信したよ。」晴彦は、「許してもらうのに、三年もかかったからな。」と、真紀が忘れていた時間まで付け加えた。

「真紀は、家族の為に良くやってきた。そろそろ自分の役割を手放してもいいんじゃないか。子供達だって皆、協力的じゃないか。」

真紀の頭の中を突風が吹いた。多数の出来事が舞い上がり、一瞬目が眩んだ。

「真紀、俺にも何か新しい役をくれないか。」

晴彦は、語り終ると何度も頷いていた。

エピローグ　始まり（予感）

明日から入院になる。真紀は、寝室で小型のキャリーバッグの蓋を開けた。準備はすでにしておいたのだが、入院患者が自ら病院に持参するリストの最終確認をするつもりだった。入院の説明を受けた時、看護師から渡された紙に書いてあった品物と、バッグに詰めた中身を見比べていた。

ふと、（このキャリーバッグを使うのは、いつぶりだったかしら。）真紀の手が止まった。

洗面道具を入れたポーチの中を確認し、元に戻そうとしていた。

最後に一泊二日の温泉旅行に行ったのは、四年前。否、五年前になる。夫と二人で行ったのだった。まだ、あの頃は、夫と会話をする元気があった。

（こんな日が来るなんて。）真紀は、笑いが込み上げてきた。夫も息子達も、真紀だけではない。皆、一緒に転がったのだ。（お母さんに上手く乗せられた。）

一人、声を出して笑っていた。

「よし、これで大丈夫。」キャリーバッグの蓋を閉めた。明日からは、入院患者扱いだ。

不思議と気持ちが軽い。別れ際の雅の顔を思い浮かべた。してやったり、と。得意満面で周りの者を見回していた。

(元気でやっているかしら。)

近くに居れば煙たいし、離れてしまえば懐かしい。親子の縁なんて不思議なものだ。雅が、有料老人ホームへ、期間限定のバカンスに旅立って一週間経つが、音沙汰がないのは快適に過ごしているからだろう。

心配はしていない。真紀は、生まれて初めて自由を感じた。

新たな旅を開始する下地は整った。

(何処に向かおうが、舵を握っているのは私だ。) 真紀は、そう思うだけで、こころがとろけそうになった。鼻歌に合わせて、自然に体が動く。今までになくワクワクしている自分に気付き、独り言を言った。

「こんな始まり方もあっていい。」

時刻は、午後五時。真紀は、そろそろ夕飯の支度に取り掛かろうとキッチンに向かった。

後書き

改めて人生を振り返ってみると、心底楽しめた事や愉快だった事って、案外少ないと思いませんか。昭和三十年代前後に生まれた女性なら、微妙に頷いて貰える方がちらほらおられるかもしれません。

なぜか、その理由を今ここに記す気はないのですが（だったら、書くなと言われそうですが）、自身の記憶を遡り、時間を止めてみたいと思えた出来事の数を数えてみてください。

私は、さほど多くない。良い事も辛かった事も、日々の生活の中に埋もれてしまっているからです。無理に掘り起こす気にならない。

だからと言う訳ではないのですが、雅さんという、自分に対して正直な女性の終末期を書いてみたいと思いました。雅さんが歩んだ人生は、雅さんにしか分からない。回りが、とやかく言いたがるのを本人は歯牙にも掛けていない。颯爽たる生き様を。

全く、「大きなお世話をするな。」と、架空の人物である雅さんから怒られそうですが。

人は、いつまで生きていればいいのか。

生まれた時代、家族を含めた人間関係、持って生まれた性質等々、要因は限りなくあると思います。答えは、シレッと雅さんが持って行ってしまいました。新しいステージは、自分次第だと言っているようです。

どうか、最後の時間を有意義に過ごしてもらいたい。世の中に沢山いる雅さんに、心からのエールです。

著者プロフィール

サトウ 和子（さとう かずこ）

1959年仙台市生まれ

家族構成は夫、長男夫婦、長女夫婦（それぞれに孫が一人ずつ有り）

現在、仙台で夫と二人暮らし

趣味、ひとり旅

セカンドライフの始め方

2025年4月15日　初版第1刷発行

著　者　サトウ 和子
発行者　瓜谷 綱延
発行所　株式会社文芸社
〒160-0022　東京都新宿区新宿1－10－1
電話　03-5369-3060（代表）
03-5369-2299（販売）

印刷所　株式会社暁印刷

©SATO Kazuko 2025 Printed in Japan

乱丁本・落丁本はお手数ですが小社販売部宛にお送りください。
送料小社負担にてお取り替えいたします。

本書の一部、あるいは全部を無断で複写・複製・転載・放映、データ配信することは、法律で認められた場合を除き、著作権の侵害となります。

ISBN978-4-286-26426-4